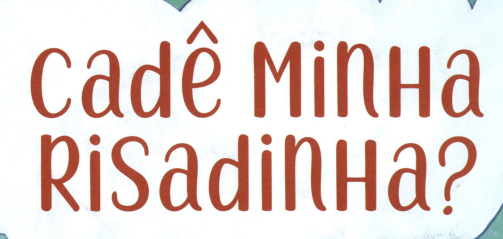

Cadê minha risadinha?

MAX LUCADO

Ilustrações de Sarah Jennings

THOMAS NELSON
BRASIL

Título original: *Where'd My Giggle Go?*

Copyright © 2021 Max Lucado.
Edição original por Tommy Nelson. Todos os direitos reservados.
Copyright de tradução © Vida Melhor Editora LTDA., 2022.

Todos os direitos desta publicação são reservados por Vida Melhor Editora LTDA.

Os pontos de vista desta obra são de responsabilidade de seus autores,
não refletindo necessariamente a posição da Thomas Nelson Brasil, da
HarperCollins Christian Publishing ou de suas equipes editoriais.

Publisher	*Samuel Coto*
Editora	*Brunna Castanheira Prado*
Produção editorial	*Beatriz Lopes*
Estagiárias editoriais	*Camila Reis e Giovanna Staggmeier*
Tradução	*Carla Bettelli*
Revisão	*Jaqueline Lopes*
Adaptação de capa e miolo	*Alfredo Rodrigues*

Catalogação na Publicação (CIP)
(BENITEZ Catalogação Ass. Editorial, MS, Brasil)

L965c   Lucado, Max
1.ed.   Cadê minha risadinha? / Max Lucado; tradução
Carla Bettelli; ilustração Sarah Jennings. – 1.ed. –
Rio de Janeiro: Thomas Nelson Brasil, 2022.
32 p.; il.; 25,4 x 25,4 cm.

Título original: Where'd my giggle go?
ISBN : 978-65-56892-86-3

1.Emoções – Literatura infantojuvenil.
2. Felicidade – Literatura infantojuvenil. I. Betteli,
Carla. II. Jennings, Sarah. III. Título.
07-2022/14   CDD 028.5

Índice para catálogo sistemático:
1. Literatura infantil 028.5
2. Literatura infantojuvenil 028.5
Bibliotecária: Aline Graziele Benitez CRB-1/3129

Thomas Nelson Brasil é uma marca licenciada à Vida Melhor Editora, LTDA.
Todos os direitos reservados à Vida Melhor Editora LTDA.
Rua da Quitanda, 86, sala 601A — Centro
Rio de Janeiro — RJ — CEP 20091-005
Tel.: (21) 3175-1030
www.thomasnelson.com.br

Este livro foi impresso pela Gráfica Terrapack para a Thomas Nelson Brasil. O papel do miolo é
offset 150 g/m² e o da capa é cartão 250 g/m2.

Para nossa preciosa neta,
Rose Margaret Bishop.

Que você nunca perca sua risadinha.

1 Hoje eu acordei bem mal-humorado.
Procurei meu sorriso, mas não lembrava onde o tinha guardado.

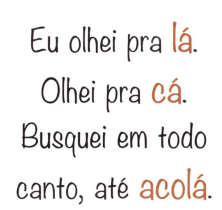

Eu olhei pra lá.
Olhei pra cá.
Busquei em todo canto, até acolá.

Não achei nada.
Que tristeza a minha!
Cadê minha risadinha?

— Continue procurando — ele disse. — Que ela logo se avizinha. Mas nada de ela aparecer. Cadê minha risadinha?

Com o vovô eu fui falar:
— Sinto falta da minha alegria.
Quero encontrá-la, pode me ajudar?
Não quero viver nessa apatia.

Procuramos juntos,
mas não achamos nadinha.
Cadê minha risadinha?

Fiquei encarando o chão. Nem cumprimentei minha turminha. Eu não me sentia legal. Cadê minha risadinha?

Até na cerca eu procurei.
Acabei me sujando todo de lama.

Mas minha risadinha não encontrei.
Aquilo estava virando um drama.

Eu não batia mais palma.
Não abria um sorriso sequer.
Talvez sentisse uma tristezinha...
Cadê minha risadinha?

Procurei embaixo do chapéu do padeiro.
Fiz uma confusão, fui um bagunceiro!

Procurei na massa de bolo e no recheio da bolachinha.
Mas não achei nada. Cadê minha risadinha?

Está no meu bolso ou na cartola com o coelho?
Preciso de uma pista, mesmo que pequenininha.
Procurei em todo canto, até mesmo no espelho.
Parece que ela sumiu! Cadê minha risadinha?

Esse jeito de ser *precisa de um fim*. Não dá pra ser assim.
Ficar sem sorrir é um modo bem sem graça de existir.
Então, tive uma ideia iluminada,
uma cura pra falta da risada.

Comecei pelo meu irmão, que a gata tinha perdido.
Imaginei seu esconderijo, e lá ela tinha se metido.

Uma garota não tinha com quem brincar.
E eu falei:
— Lance seu disco que eu posso pegar!

No meu cachorro fiz carinho.
Deixei seu pelo bem liso.
O dia todo fui bonzinho.
E deu vontade de abrir um sorriso.

Estendi os braços pra cima,
cantei músicas bem alto.
Dancei até perder a rima
e dei um enorme salto!

Acenei para os passarinhos e pro meu cão joguei uma bolinha.

Sentia que ela já voltava, mas ainda queria saber:
pra onde tinha ido minha risadinha?

Ela tinha dado um tempo; tinha ido para longe.
— Estou com saudade — falei. — Volte pra cá.
Então senti algo mudar...

Lá do fundo,
bem de dentro de mim,
uma
risadinha
começava
a surgir!

Abri um sorriso,
escapou uma risada.

Logo eu já ria
e gargalhava.

Meu corpo chegou a tremer.
Ri até minha barriga doer.

Isso é o que acontece
quando a risada aparece.

Saí pulando pela rua. Eu cantava e dançava.
Como é bom se sentir bem. A alegria só aumentava.

Toquei violino e brinquei com meus amigos. Que demais!
O dia estava incrível. As risadas me traziam paz.